KB259785

그리운 추억

그리운 추억

조 영 일 지음

도서출판 해동

■ 시집을 내며

농촌형 공간 3대의 대가족 속에서 보고, 듣고 배움이
촌스러운 습성, 식성, 감성, 인성으로 자라며 오늘을 사는 진행형.
내 생의 평생 인연은 교직 정년과 정년 없는 문학공부.
회자정이會者定離의 순리順理 속에
학교에서 영원한 짝꿍을 만났고,
세 아들과 봄, 여름, 가을, 겨울을 보내며 60마디를 이어 왔다.

2009년 봄. 속 빈 대나무에 암적인 존재가 나타나
나를 시험하고 흔들더니,
지금은 그림자도 안 보인다는
과학(의학)의 증명사진과 숫자들의 설명(의사)이다.
암적인 존재와 동거 이후 다시 보이는 세상
눈 뜨면 보고, 듣고, 먹는 것이 새롭게 바뀌었다.
나의 가족과 내가 기억하는 좋은 인연의 일과 생각들을 나누며
남은 마디마디에 맑은 물水과 달月을 담고 채우면서
아름다운 노을을 그리며 살자고 주문을 한다.

동시집 7권, 시집 2권을 낸
나에게 문학의 길을 열어준 고등학교 문도채 선생님과
문학의 지평에 물이고 빛이고 그림자로
서라벌에서 〈원형질〉 동인의 東理 지도교수,
대학원에서 논문의 주인공이 된 木月,
나의 가훈 항정恒情을 만든 未堂,
대학원의 박홍원 선생님.

가끔 글이나 사진을 보면서 생전의 편린들이
추억으로 떠오른다.

글쓰기 공부를 하겠다고 찾아오는 학생들을 보며
텃밭의 새싹처럼 맑고 푸르름이 오월의 세상이다.

나는 글쓰기를 통해
아름다운 동행의 인연 속에 살며 나누고 있다.
나는 지금의 일상처럼 진행하는 나날이 좋다.
누웠다가 앉았다가, 불을 껐다가 켰다가,
혼자만의 생각에 빠졌다가 나오고, 배 깔고 읽고 쓰다가 자고,
책상에서 뒤적이며 좋아서 혼자 벙글대다 늦잠이라도 들면
창밖의 여명과 새들의 소리에 기지개
아침밥 소리 들으며 일어나는 애 같은 나
지금 이대로 게으른 행복에 취해 오래 빠졌으면 좋겠다.

방과후 학교 글쓰기가 끝나면 헬스장으로
주말이면 텃밭이나 산으로 가는 일상의 생활 리듬에
몸과 마음에도 건강한 마디로 길었으면 좋겠다.

시집 출판에 도움을 준 세 아들 명훈, 성훈, 창훈
그리고 광주문화재단과 동산문학의
최봉석 사장께도 감사드린다.

2013년 9월 신천에서

■ 목차

1부

이게 호강이란다

2부

청산도 아리랑

4부

가을 새벽에

3부

햇빛이 그리운 건

5부

지리산에서

6부

하얀 손수건

고등학교 문학의 밤

1부 · 이게 호강이란다

대학교 문학의 밤

이게 호강이란다

아침 이슬 머금은
장미 꽃송이들의
메이 퀸이 열렸나?

학교 벽에 기대어 서서
내 발을 멈추게 하더니
나를 홀려
내 교실로 들어 왔다.

장미꽃 그려진
찻잔에 앉히고 물을 주었더니
두 송이 장미는
상글이는 눈빛으로
나를 보고 있다.

쟈스민 차를 마시며
이야기를 나누자는데
내 눈을 부르고
내 코를 부르더니
조용히 눈을 감고
자기에게 취하라며

- 이게 호강이란다.

우리는

우리는
가슴에 따뜻한
빛이 있어 밝음이여.

네가 있어
내가 있고
서로 마주봄이며.

우리는 하늘 天 땅 地
눈을 감아도 보이는
등불을 켜고 있음이여.

내 마음

바다에도 산이 있고
산에도 바다가 있다.

산이 좋아
바다가 좋아

비도 오고
눈도 오고

무슨 색일까?
하늘이 보고 있다.

스티커

삐약삐약 재원이가
좋아라 거실 바닥에
딱지딱지 붙여놓은 스티커들
지금은 5학년
전교어린이회 부회장이란다.

할머니도 가만가만 걸레질
벽거울 키재기표는
설, 추석을 기다리고
거울 옆에 삐약삐약 사진들
우리 집에서 키웠던
처음 손주 사랑

아들보다 더 예쁜
내리 사랑 손주 사랑일까
재준아, 주원아, 은선아
삐약삐약 병아리들아 예쁘게 자라다오.

할아버지, 할머니는
날마다 너희들의 사진을 보며 웃고 있단다.

해금강 풍경화

해맑은 해금강에
풍경화 한 폭
누가 그렸나.

파란 수채화 물감 풀어 놓은
넓고 넓은 화선지에
점 점 점
찍어 놓은 섬 섬 섬.

수평선 바다 위로
하늘도 물든
하늘색 아래 그림
누가 그렸나.

넓고 넓은 화선지에
몽실 몽실 몽실
그려 놓은 구름 구름 구름.

소매물도

푸른 물살을 가르며
소매물도 가는 배
눈 아래 바다도 푸르고
바다 가운데 섬들도 푸른
7월 거제도 앞 바다.

구름 위 하늘은
내려다 보고
쪽빛 바닷물은
올려다 보고 있다.

저 속에 풍덩 앉아
용왕과 함께
가난한 몸과 마음
내 삶의 물음표를
들고 나누며 풀고 싶다.

갓바위 얼굴

영산강 하구둑
방파제 위로
월출산의 밝은 태양이
눈부시게 떠 오르고
은빛 반짝이는 바다 위로
손을 흔드는 갈매기들

갓바위 아래
물새들 날며
뉘를 부르는지 맴돌고
삼학도 가는
뱃고동 소리는
초록바다 갓바위에 메아리

오늘도 해 달 별 불러
물그림자 보듬고
몸을 풀며
목포 앞 바다바라기
전설의 아비와 아들
갓바위 얼굴 망부자석望夫子石.

아내의 날에

꽃피는 봄
가랑비에
꽃눈물 비도 내렸습니다.

푸르른 여름
소나기에
천둥번개도 만났습니다.

알알이 여문 가을
된서리에
찬바람도 불었습니다.

눈이 내리는 겨울
얼음 바닥에
넘어지기도 하였습니다.

당신과 나
서로 추스르고 보듬고 다독이며
모닥불 지펴
대밭의 청죽순靑竹筍 같은
우리 애들 커가는 모습 보며
한 생生 인연의 줄을 꼭 잡읍시다.

        - 2010. 3. 25(음 2. 10) 회갑일 새벽에

사랑의 나이

사랑은
뿌담시
눈으로 온다요?
눈물로 온다요?

좋은 게 눈물이 나졌제
아픈 게 눈물이 나졌제

사랑에 눈 뜨고
사랑에 눈 감고

깜박 깜박 깜박이는
사랑의 나이는 언제라요?

행복한 기억

비오는 날
소나기를 맞으며
동네 고샅길을
맨발로 뛰어다녔던 기억이

비오는 날
토란 잎 우산을 쓰고
울타리의 호박잎을
회초리로 때리고 다녔던 기억이

비가 많이 오던 날
미꾸라지 몇 마리가
집시랑물 떨어지는
마당까지 올라와
꼼지락거리는 모습의 기억이

눈이 많이 내리는 날 밤
살강의 대접에
눈을 퍼 담아
동생들과 떠 먹던 기억들이
동화 속
행복한 기억들이다.

옆자리 수녀님

여수 엑스포 가는 버스
옆자리 수녀님
눈을 감고
오른손에 묵주
가끔은 굴리고,

가끔, 고개 끄덕
가끔, 어깨 살짝 들먹
수녀님의 어깨가
내 왼쪽 어깨를 들먹 스친다.

새벽기도를 하시고
지금은 무슨 기도를 하실까?

끄덕,
안경 쓴 옆 얼굴
수녀님의 모습은
기도하는 꿈나라 천사였다.

무등산 세인봉 솔

무등산 약사암 건너
세인봉 바위 틈에
뿌리내린 푸른 솔아

그 많은 세월 속에
잘도 버텨 살아 온 솔아

네게 이름표를 달아주마
무등산 세인봉 솔

세인봉의 빛과 향
품격 지닌
세인봉 솔.

산상山上의 기도

– 무등산에서

여기에
서서 드리는
작은 목소리 들리십니까?

모두어
두 손 모두어
산상山上의 한 소리 올립니다.

부르는
또 부르는
산울림 메아리 속의 소리 들리십니까?

내리다
내리다
여명의 빛 울림
울림 소리 들립니다.

산이 부른다

산이 부른다
산이 날 부른다.

주머니에 무엇을
잃어버린 빈 자리에
더듬거리며 손을 뻗어 보아도
그 무엇이 잡히지 않은 날
빈 손으로 오라고
산이 부른다
산이 날 부른다.

가슴에 구멍이 뚫린 날
시도 때도 없이
옆구리가 시린 날
음악 소리에 차를 마셔도
술 한 잔 또 한 잔을 마셔도
찬 바람이 솔솔 들어오는 날
산울림 산바람 따라 오라고

산이 부른다
산이 날 부른다.

매실을 따며

작년, 재작년 이른 봄 텃밭 언덕받이에
어린 묘목들을 심었다.
감나무, 모과, 매화, 사과, 은행, 자두, 비파, 대추를
몇 그루씩 심었다.
튼튼히 뿌리 내리고
예쁘게 꽃피워
튼실한 열매 만들어라
다독이며 물주며 심었던 나무들.

어떤 애는 목마르다고
어떤 애는 잡초 속에서
어떤 애는 풀낫에
사과 두 그루는 지난 봄 불에
비파는 추워서

먼저 자연 속으로 돌아간 그들을 보며
아쉽고 안타까웠던 마음
그게 너희들의 운명이고
나와의 인연이었나 보다.

지금은 나보다 훨씬 커버린 나무들
올 처음 매실을 따며
십년, 이십년도, 더 더
내리 사랑
내리 나눔을 생각했다.

하늘과 땅의 신비로운 조화와 창조
하늘과 땅 사이 사람
우리들은 심부름꾼
나는 과일나무들의 부름에
좋은 심부름꾼이 되고 싶다.

선경 준치회집

선경하면 떠오르는
　우리들의 고운 생각들
경치 좋고 물 맑은
　목포 앞 바다가 보이는 곳.

준치하면 나도 몰래
　그 맛 집을 찾아 간다.

치자 돌림 중에 손꼽혀
　그대로 품격 지닌
회집에 옹기종기 오순도순
　모락모락 따뜻한 정들이

집안 가득 사랑으로 꽃피우는
　우리들의 이야기들.

- 빛고을 나그네가

2부 · 청산도 아리랑

청산도 青山道

– 오월의 빛

청산도 오월의 빛
하늘이 물들었다
하늘 아래
산과 내 넓은 들을 보고
파랫빛 바닷물을 보고
하늘이 초록 물들었다.

오월의 산과 들판이 물들었다.
해 달 별
하늘을 보고
새싹 눈빛 틔우며
황토에 연초록 물들었다.

보리밭이 물들었다.
바람에 일렁이는
청산도青山道 청보리밭 물결 따라
서편제 들판에 출렁이는
옥색 치맛자락이 물들었다.

하늘에 던져도
산 위에 내려도
바다에 빠져도
들판에 누워도

오월은 물든
해맑은 아이들의 마음童心이다.

-2005. 5. 5 청산도에서

청산도 아리랑

청산도 하늘에 밝은 빛이 열리고
매봉산 큰 산줄기 타고 내려와
온 청산이 옥색 치마 파래 빛으로 물들면
먼 바다 바람에 실려 일렁이는
황토밭 청보리 유채꽃 물결 따라
우리 소리 '서편제' '봄의 왈츠' 들판에서 울린다.

청산에 옷자락이 물들고 가슴에도 시리게 물들어
한 마리 봄 꿩, 산비둘기, 종달새, 나비되어
청산을 날은다.
그리워! 꿈에도 고향 그리는 마음들이 꽃망울 되어
매봉산 꽃동산에 삼십만 꽃송이로 피었다.

돌담길 따라 걸으며 하늘을 본다
황토길 꽃길 따라 오르며 바다를 본다
손깍지 끼고 가는 들판의 나를 보며
천천히
아주 천천히
청산에 아리 아리 아리랑
청산을 걸으리랏다.

- 2011년 4월 16일
고향을 그리는 30만 향우들의 마음을 담아

- 2011년 4월 16일 세계 슬로우시티 1호 인증식
선포 이후 향우동산에서 기념식수 및 향우동산
표지석 기념식

청산도 꽃바람

사월의 햇살이
청산도 가는
봄 바다에
은빛 햇살로 반짝이고

물보라 빛 맑은
솔바람
꽃바람
바닷새 소리
유채꽃, 보리 내음, 동백 향 따라
청산도에 내리면

잊었던 기억들
하나씩 주어 담고
돌담길 돌고 돌아
천천히 더 걸어가면
꽃 같은 햇살이
고개를 내밀고
둘이 손잡고 가잔다.

사월의 하늘 아래
청산도 푸르고
내 눈도 푸르게
물들어 가는
청산도 가는 길
청산도 꽃바람.

여수 아리랑

하늘에서 빛이 내리고
바다에서 물이 내린다.
물의 흐름 속에
세상의 만물이 만나고
흐르는 조화 속에
형상과 변환의 생성은 신비로움이다.

살아 있는 바다
숨 쉬는 연안
오동도 바닷가에 여울리는
여니 여니 여니랑
수니 수니 수니랑
여수에 아라리가 났네.

저 바다에 해 뜨면
배 타러 가자
저 산 위에 달, 별 뜨면
배 들어 온다
갯바람 갯내음에
넘치는 여수 사랑.

바다에도 산이 있고
산 아래 너른 바다
천상의 노래 속에
춤의 나래 울려 펴는
아름다운 여수항.

여니 여니 여니랑
수니 수니 수니랑
아라리가 났네
어화 둥둥 아라리가 났네.

여명黎明의 빛

빛이 내린다.
백두에서 무등까지
큰 땅
큰 벌에
큰 뫼와 긴 내 이루며
그림 같은 노령의 큰 산줄기
등줄 따라
북 장구 징소리 울리며
내일도 호남 벌에 울려 퍼질
여명의 빛
새벽 종소리에
빛이 내린다.

빛이 내린다.
땀 뿌려 눈물 흘리며
사랑가로 일구어 낸 황토 땅
할아버지 할머니의 땅
아버지 어머니의 땅
우리들의 땅
알뜰한 보금자리에 뿌리 내려

모두 살 내음 부비며 잘 살아라
빛이 내린다.

빛이 내린다.
푸른 기와집에도
아파트 동네에도.
산동네, 바닷가 동네에도
일터 찾아가는 골목길에도
위, 아래
바르게 잘 보고
빠르게 잘 걸어라
빛이 내린다.

빛이 내린다.
좋은 생각이 넘치는
좋은 사람들을 찾아
나, 너, 우리를 생각하는
우리와 함께하는 사람들을 찾아
먹구름 비바람 천둥소리가 들려도 참자.

골골마다 흐르는
가슴 따뜻한 이웃들의 손길
맑은 맹물로 시장기를 달래며
늦은 밤, 새벽에도 기도하는 마음으로
바른 손 머리에 얹고
어두운 곳을 찾아 촛불을 켜들고
내일을 찾는 사람들을 위해
빛이 내린다.
여명의 빛이 내린다.

- 호남매일 창사 9주년 축시

불회사 가는 길

나주호 호숫가에
하늘이 놀러와
해맑은 얼굴 헹구며
해 달 별들과 살자 한다.

마른 나뭇가지 등걸
초록빛 새 움이
송진 내음
솔잎 씹으며
나무들과 살자 한다.

먼 산 아지랑이
해무리 속 봄 꿩이
꽃, 꽃, 진달래꽃
머리에 꽂고
꽃과 살자 한다.

불회사 동백 숲
겨울 지낸 동박새들도
탁, 탁, 탁 목탁소리
물소리 들으며
산에서 살자 한다.

압해도 일기

꽃 피는 봄날
압해도 가는 길
흩뿌리는 비바람은
광주 지나 나주에서 시작했다.

북항에서
철선은 우리들의 버스까지 태우고
바람 센 뒷개 바다 건너
압해도에 내려 주었다.

부부동반
바닷가 어느 횟집에서
보해와 OB의 공헌으로
김삿갓이 라거를 타고
내 깊은 오장육부 머리끝까지 흔들더라.

그리고는 내 육신을 흔들어 세우고
깨웠다가 또 흔들기를
비바람은 더 부추기더라.

돌아오던 철선 속에서
정신 세우라는 바닷바람의 충격 요법
왼손 무명지 손가락에
뜨거운 피멍울을 주었다.

그래도 뒷개 낙지들은
흥에 겨운 우리들의 입 속에서
춤을 추다가 육보시로
기쁨조 되어
사공의 뱃노래
목포의 눈물 따라
김삿갓 따라
흘러 흘러 흘러 내려가더라.

가을 강

높은 하늘
가을 색깔 따라
깊어지는 나의 강

흔들리는 파문 만큼
내 심역心域에 아려오는
아련한 초상 하나.

사각이는 갈대 소리 들으며
다문 잎 조용히 앉아
마냥
먼 하늘바라기 된 바위 하나
가을 강에 빠져 있다.

종이에 손을 베고

송곳은 뚫고
칼은 자른 줄만 알았더니
종이에 손을 베고
종이도 칼이구나.

물에 체할 때
눈 감아도 보일 때
멀리 있어도 들릴 때가 있고
종이도 칼이 된다.

계명성 시비공원鷄鳴聲 詩碑公園

하늘을 여는 빛
어둠을 밝히는
여명黎明의 소리.

새벽 하늘에
목청 다듬고 외치는 소리
피울음 울며 부르는 소리
나를 찾는 소리
나를 깨우는 소리
메아리로 가슴에 퍼지는
첫닭 울림 들리는
계명성 시비공원.

시詩와 돌石이 만난 시비詩碑들
그림 같은 병풍으로
이름을 달고 자화상으로 서 있다.

사랑

우리의 하늘에서 내린
맑은 햇살 고운 빛으로
꽃 피우고 열매 물들면
우리의 밤하늘에
달뜨고 별 뜨게 하여 꿈길을 간다.

시작도 없이, 내 눈 속에 네 눈이 포개져 오고
끝도 없이, 네 눈 속에 내 마음이 자리하면
모닥불씨 다독이며
우리의 심역心域
양지 바른 옹달샘 가에
한 알의 씨앗 소롯이 묻고
두 손 모두어 오래 오래
우리의 노래 부르리라.

- 전남 장흥군 장평면 계명성 시비동산의 시비

촛불

내 작은 몸의
작은 불빛은
새벽이면
새벽을 여는
정갈한 빛과 바람입니다.

두 손 모두어
마음을 주는
그 분의 사랑과 정성으로
밝고 환해집니다.

날마다 작아지는 몸만큼
날마다 커지는 빛으로
방 안 가득
기쁨으로 채워집니다.

봉하 가는 길

절寺 버스를 타고
봉하 가는 길

불경 소리
목탁 소리
뉘를 위한 부름인가
뉘를 부르는 소리인가

창 밖의 햇살은
내 가슴 속에
비집고 들어서며
내 生의 누를 골라내고
묵은 때도 불러낸다.

어제와 오늘까지
긴 길을 걸어오며
만나고 보내고 헤어지는
살아온 인연들
마침표를 준비하자.

나
너
우리에게
좋은 마침표를 준비하자.

이런 날

늦가을 오후
네모난 교실
아까부터 듣고 있는 CD속의 악기들은
저마다의 고운 색실을 풀어
나의 달팽이관을 감는다.

눈이 내리려나
비가 오려나
증기 속의 사우나실 같은
허허로운 고요 속에
적막한 뒷골목의 풍경
황량한 운동장
창문을 열고 서 있는 나

이런 날
가슴 여린 고독이 밀려온다.
마음 약해지는 가슴일 거나
바쁨 속에 나른한 여유로움일 거나.

그리운 추억

낮잠이나 늦잠자는
잠충이도
밥시간 기다리며
밥 축을 내는
밥충이 식충이도 아직은 아닌

단맛, 신맛, 짠맛, 매운맛 보며 살아 온
40년 정퇴 인생 후반전
아직은 백수 건달 놈뺑이도 아닌데
나는 어떤 사람이 되어가나?

눈 뜨고
귀 열고
가슴 열고
큰 대大자 두 팔을 펴고
하늘을 보면 내가 보인다.

달력 넘어가는 소리
벽시계 울림에
맥박이 따라 울리면
설레는 가슴을
손바닥으로 어루며

- 나, 아직 청춘의 모습이 남아 있나?
나에게 가만히 물으면
문득, 그리운 추억들이 떠오른다.

소심小心

하늘이 너무 파래
빠지고 싶은
가을 나그네.

오늘 하루
돌고 돌아 신작로 논두렁
텃밭 밭두렁 풀방석에 앉았다.

허수아비 참새 불러
막걸리 한 잔 나누고 싶은
늦가을 해걸음.

가슴에 스며드는
가을 빛
가을 나그네.

걸음 걸음
서산 노을의
가을 해걸음.

출판기념회를 마치고

3부 · 햇빛이 그리운 건

서울 경복궁에서 (1983. 12. 27)

햇빛이 그리운 건

꿀잠 든 우리 아기
눈두덩에 찾아 온
따사로운 봄빛이 그리운 건
다독이는 엄마의 눈빛
맨살로 키우는 손길 따라
팔 깍지 낀 가슴까지 찾아 온
간지러움만은 아니다.

한 줄금 소나기 지나가고
당산나무 매미 소리 그늘 사이로
여름 햇살이 그리운 건
냉동실의 동태마냥
몸도 마음도
퍼덕일 비늘마저
굳어 있어서만은 아니다.

풍성한 눈 호강에
가을 하늘 보며
가을 햇빛이 그리운 건
한 뼘도 못되는 쬐끔한 땅

가슴 밭 심역心域에
한 됫박 청보리 씨 뿌리고
청보리 파란 잎 순을 밟으며
날마다 기다림일까.

꽃 손톱 첫눈 기다리며
포근한 양달에 해바라기 되어
겨울 햇빛이 그리운 건
무서리 내리고 까마귀 떼 나는 날
청보리 밭에 나가
훠이훠이 까마귀들 쫓고
모닥불 지펴 일군
불씨 다독다독
화로에 묻는 마음 일러나.

제석산 가는 길

제석산 솔바람
아카시 향 따라
송화가루 내리고
편백 숲 사이로
햇살이 고개를 내밀며
내 얼굴을 보자 한다.

오월의 하늘 아래
산길도 푸르고
내 눈도 푸르게 물들어
파랑새 가슴으로
제석산 가는 길

어제 놀던 햇살이
마중을 나오고
어제 만난 나무들이
오늘도 기다리며
너른 치마폭에 물든
나무들의 향을 뿌려준다.

나

또
어제가 그제인 듯
서녘 밤하늘의 별똥별 하나 사라지고

오늘도
어제의 일상
쳇바퀴 돌며 소모품으로
거울 앞에 비추인다.

이제
오늘은
내일을 위한 숨고르기

유리 상자 속의 돋보기로
2009 암적인 존재
나이테는 무슨 색깔일까?

사용연도 재심사하는 손전등
거울 앞에서
불을 켠다.

산 위에 올라

어제는 정월 초하루
비석골 선산의 조상님께 성묘를 하며
언젠가 나도 가야할 곳이 어디냐
조아린 고개
멍한 가슴을 누르며
한참 눈을 감고 있었다.

오늘은 등산화 끈 꼭 동여 매고
정갈한 마음으로 뒷산에 올랐다.

낭낭한 산새들의 지저귐이
빈 술잔끼리 부딪치는 청량한 소리로
겨울 산 속의 차가움을 맑게 해 주고
산까치 소리는
고향집의 키 큰 감나무 위에서 우는 듯
어린 날의 정감으로 떠 오른다.

산등어리 양달 나무걸이에 앉아 있는 나에게
봄날 같은 햇살이 감싼다.

겨울이 너무 길다.
눈을 이고 있는 소나무도 햇살을 받아라.

몸을 녹여라.
언 땅, 언 몸, 이 마음에도
햇살을 받아 눈을 녹이고
봄기운 가득한 봄비가 내리면
아지랑이 들판에
종달이 뻐꾸기도 봄노래 부르겠지.

밥

밥상 위의 밥
밥은 잡곡밥
밥상 위의 반찬
싱거운 반찬

봄부터 지금까지
하루 세 끼 밥은
생명을 위한 맥박 소리
행주치마 도마질 소리……

달고 맵고 짜고 시던 입맛 살이가
싱거운 살이
싱거운 밥상.

봉하 마을 대통령이 떠나던 날
섬마을 대통령이 가시던 날
하늘도 울며 비 눈물이 흐르던 날

화순和順 병실의 66 人生은
생존生存을 위해
3박 4일 아홉 번째 주사바늘을 꽂고 있다.

밥 먹이기를 위한
아내의 수돗물 소리
도마질 소리가 여기까지 들린다.

신선神仙과 동전

무등산 신령님
오늘은 무엇을 하셨는지요?
무슨 소리를 들으셨는지요?

오늘은 금당산金堂山 옥녀봉玉女峯 송운정松韻亭에 앉아
열무김치, 무김치, 파김치, 오이지에
늦은 점심을 먹고 나니 사물이 제대로 보입니다.

눈 감고 누우니 대적大寂의 순간
시공을 넘나드는 천국이요
그 속에 접히니 신선이된 지금인가 봅니다.

내 몸, 내 마음도 공중부양되어
산 아래 아파트가 성냥곽으로 보이고
산속의 소리만 들리는 신선이 되었습니다.

공무도하公無渡河의 강을 건너
구지봉龜旨峯보다
무등산無等山 건너 금당산이 좋아 찾아 왔습니다.

매미들의 시새움 울림 속에 한낮이 기울고
약숫물 떨어지는 소릴 듣고 왔는지
어제 왔던 선녀들의 화신이 또 왔습니다.

산새 세 마리
물 받이 마시고 놀더니
날개 퍼덕이며 목욕을 하고 날아갔습니다.

신선의 투명한 눈에
마루 틈 사이로
흰 동전 500원 짜리 하나 보입니다.

…… ! ?
? ! …….

무등산 신령님,
마루 밑에 손을 넣을까요?
무등산 먼 하늘 바라보며 하산 할까요?

배추 한 포기

할아버님이 일구신 황토 산밭에
아버님이 뿌리신 배추씨가
낮에는 햇살 먹고
밤에는 달빛 마시더니
통배추로 자랐구나.

할머님의 장독대 항아리에
묵은 간장 된장 고추장에
얼비친 비녀 머리 수건결에
어머니의 앞치마는 고춧가루 멸젓갈에 양념들
비비고 버물어진 오향미五香味의 변신을 보고 있었다.

아들 손자들의 맛깔은
어머니의 정성들인 손맛에 간이 베어
-어머니-하고 부르는 소리만큼이나
-김치-하고 찾는다.

예나 지금이나
밥상에서 부르는 김치 노래.

지금 11의 기억

우리의 하늘 아래
큰 하늘 길이 열리고
우리의 단군檀君께서
빛 내린 땅에
널리 펼치신
배달의 큰 깃발
깃대를 꽂으신지
단기檀紀 4344년.

우리는 어떤 인연으로 세상에 나와
하루를 살며 영원히 살듯
두드리고 굴리고
또 치고 부르며……
가는 길은
풍경 소리 바람 따라
저편의 언덕길
불기佛紀 2555년.

우리들은 무엇을 찾아
가슴 두드리며

저 높은 곳을 향하여
오르다 흔들려 떨어지고
손뼉치며 조아려 불러도
며칠 후
강 건너 만나는 길 찾아……
서기西紀 2011년.

우리는 하얀 토끼가 사는
옹달샘을 찾아
오늘도
산 넘고 고개 넘어
오솔길을 오르는……
신묘년辛卯年

나1. 너1. 우리
2011. 11. 11. 11분
지금 이 시각
머리에 살아남은 너는 누구?
지금 11의 기억.

독도 獨道

하늘 아래
대한大韓 땅이 열리고
동해東海 큰 바다
한 발 벌린 그 자리에
우리의 독도는 앉아 있다.

독섬 위에 갈매기들
사철 푸른 물빛으로
넘실대는 우리 바다
평화의 섬
우리의 독도는 눈을 감고
울고 있다.

단군檀君의 후예後裔들이
백두에서 한라까지
모국어母國語의 이름으로
알토란 같이 지켜온 돌섬

독도야, 웃어라.
우리가 있다.

우리들의 마음과 소리
우리는 하나다.

대한민국의 이름으로
독도는 우리 땅.

- 2005년 봄에

흑산도

흘러 갑니다
바다 위를 흘러 갑니다
여름 한나절
섬 한 바퀴 머물다
갈매기 날아가듯
떠나 갑니다.

떠나는 배 뱃고동 울리며
물안개 서린 선창
다시 올 기약없는
빈 손 흔들며
떠나 갑니다.

우리 아부지 엄니도 몰랐던
꿈자리 범벅이다
황홀하게 홀린
내 속옷 같은 바다를
떠나 갑니다.

홍도솔에게

난생 처음
흑산도
홍도에 간다는 설렘을 달래며
가방 속에
전라도 땅 광주光州 빛고을의
물 한 병과
흙 한 봉지를 담았다.

전망대 오르는 오른쪽 길
키는 작아도 아랫도리 튼실한
파란 옷 입고 앉아 있는
내 나이만큼 한 소나무가 기다리고 있었다.

"홍도솔아, 너와 나의 만남은 인연이야.
홍도솔이라고 부를 게."

처음 만나 홍도솔 친구에게
흙밥 한 봉지 위에
물 한 병을 부어 주었다.

홍도 밤바다

흔들리는 배 보다
더듬거리는 발걸음 보다
설레이는 마음을 달래어도
넓은 옥색 치맛폭
홍도 바닷물이
내 눈을 가리고 있었다.

사월 초사흘 밤
가녀린 달빛이
불빛에 가린
산그늘 바닷가 주막에 앉아
묻 그리움에
눈시울 적시는 나를 부른다.

'들어오라
들어오라.'
밤바다 너울은
하얀 손바닥을 흔들며
또 부르고 있다.

소록도 검정 고무신

눈 앞에 보이는
강 폭만큼 가까운 소록도는
먼 바다 섬이었다.

손 끝 건너
바다 건너
실려 왔던 천형天刑의 땅이었던가.

비탈길 오가며
생명을 이을
경작의 나날

닳고 찢어진 검정 고무신
발을 감싸주었던 검정 고무신
불에 태우며 하늘을 본다.

맨 하늘
맨 발
맨 손

맨 가슴
맨 맨 맨…….

가끔
뱃고동 소리 들리고
기러기 날아가고
먼 하늘에 비행기 날면
등진 고향의 하늘
솔개 날갯짓 바람
눈에 차오고

떠나온 살가운 살붙이들
시리도록 아픔은
맨 가슴에 악몽으로
또 점 하나.

소록도에서

이 손바닥
이 손가락
이 손마디
두 주먹
두 다리가
소록도에 와서 부끄럽다.
죄스럽다.

팽팽한 육신
반듯한 화상으로
무디고
여리게 살아온 날들의 육신이

거듭나는 인생열전
부지런히 움직이라는 충격요법
뇌 속에 꽂혔느냐
다시 묻는다.

만남 2000. 8. 15

색바랜 까까머리 사진 속의
아들 사진 한 장 들고

색바랜 흑백사진 속의
가족 사진 한 장 들고

눈물 말라 한이 될
사진 들고 선물 들고

굵은 손마디
주름살에 흰 머리 이고

남쪽에서는 북쪽으로
북쪽에서는 남쪽으로
평양과 서울은 가까운 것을
같은 하늘 아래 한반도 땅에서
반 백년, 50년만에
50분도 못 걸리는 곳을 찾아
피와 살을 나눈
부모 형제 자매 남매 처자식 남편을 만났다.

학鶴

어루며 달래듯
맴돌다 숫구치고
앉았다간 덥석 물듯
긴 부리 시위하며

한 자웅
노송老松 둥지 삼아
깊어가는
여름 나날.

- 1980. 8

세종문화회관에서 김동리, 손소희 교수님과
– 월간문학 신인상 시상식을 마치고(1983. 12. 27)

4부 · 가을 새벽에

산길

유월의 산길은
산나리, 제비꽃, 개망초꽃 어우러져
신바람 난
나를 기다리고 서 있다.

산길을 거슬러 올라가면
맹감, 산딸기, 칡순이
누님의 여린 가슴 꼭지로
부끄러워 다박솔 뒤에 숨어 있고

풀벌레 소리 드문드문
솔바람에 묻혀오면
산새들은 낯선 발자국 소리에
깃을 털며 날아가고

솔 숲 아래
가지런한 묘 한 쌍
살아 생전 무슨 일을 하다
하늘 보고 누워 있을까?

산길 풀내음
혼 몸에 스미는데
이름모를 풀벌레 산새들
유별나게 지저댄다.

- 1990. 6. 16. 광주일보

바다는

바다는 오늘도
날 불러 꿈꾸게 하고
바다는 오늘도
파도와 같이 달려와 말했다.

하얀 수건
눈물 대신
깊은 가슴에
묻어 감추며

깊어라
넓어라
맑아라

또
일렁이며 얼리어 주었다.

돌머리 해수욕장

하얀 갯여울에
출렁이는 모래밭 따라
어제 왔던 바닷새들
그리움 찾아 너울너울
오늘도 찾아오고

춤추는 파도 일렁이는
해조음海潮音 따라
손짓하며 부르는 고향의 노래

오늘도 오가며 들고나는
그림 같은 보금자리

함평 천지咸平 天地
칠산七山 앞 바다
돌머리 해수욕장에
사랑의 노래 들린다.

- 2006. 6.

바닷가에서

누가 불러서도
누가 찾아서도 아닌
낯익은 여행길의 남해 바닷가
밀려오는 파도 넘어
너울 넘어
수평선에 아침 해 떠오르는
몸과 마음이면 얼마나 좋을까?

파란 파도 일렁이는 바닷가에서
260 맨발로 서서
가슴 텅 빈 나를 보았다.

나를 털고
나를 버리고
나를 씻어보려는 작은 기도
아쉽고 시원섭섭한 가슴을 달래며
평생을 몸담았던 학교
선생先生의 마지막 여행길에
석양의 저녁놀을 그려 보았다.

뜻을 높게,
생각은 깊게,
마음은 넓게,
되뇌었던
이쁜 눈망울을 기억하자.

그리고 더도 말고 더 줄이며
작은 소금 한 톨 만들며
맑은 날 황혼의
구름이 없는 노을이 되자.
가슴에 두고 또 한 생—生을 살자.

- 2006. 7. 21 상주해수욕장에서 〈남도일보〉

여치 소리

밤 사이
어디서 날아 왔을까
아침 일찍
차 위에 동그마니
두 날개 가지런이 세우고
나를 기다리고 있었나?

여치의 울림은
연초록 신선한 빛의 소리
어젯밤 남북교향악단
비올라 연주자의
눈빛에 담긴
현의 떨림 같았다.

빛고을 지하철을 타고

무등산 하늘에 비행기 날고
빛고을 큰길 따라 지하철이 열렸다.

잠수함 같은 전철을 타고
창밖을 보면
그림 같은 뮤화마당
전설 같은 이웃 이야기들
열린 지하철역이 있는 우리 마을들.

학동 도청 금남로 지나 돌고개까지
농성동 잿등 넘어 상무동 송정리까지
보듬고 물미끄럼 타듯 지하철이 달린다.

새벽을 여는
아침 햇살
어둠이 내리는 밤별 늦게까지
오가는 지하철역에는
만남이 있고
손 흔드는 그리움이 있다.

누굴 찾아 가는 길손인가
가방속엔 따순 정
푸른 꿈이 부풀고
둥지 찾아 돌아오는 차창에는
느슨한 행복이 무더기로 밀려온다

- 2004. 가을 〈광주메트로〉

완도 생일도 가는 길

짝꿍과 함께
광주에서 첫차
강진 마량항에서 첫배
낯설고 바다도 설지만
바람도 없이 잔잔한
가을 바다의 아침
초록빛 물결 위로
해맑은 태양이 붉게 떠 있다

짝꿍은 무슨 생각을 하고 있을까
나는
내 몸뚱이 만한 검은 돌이 되어
눈을 감고
깊은 심연에 빠졌다.

반짝이는 잔물결 위로
갈매기들이 날고
까만눈의 바닷가 어린이들은
무슨 생각을 하며
나를 기다리고 있을까?
어서 보고 싶다.

- 2007. 10. 작가와의 만남 초청을 받고

산수유 찾아간 날

집 앞의 노란 산수유꽃을 보고
봄바람 따라따라
산수유 꽃숲 찾아가던 날
구례 산동의 상위, 하위 마을에는
사람꽃이 더 피어 있었다.

사람들의 입소문 발길에
큰 길 내고
큰 길 나면
큰 차, 작은 차들 몰리고
사람들 모이고 쑥범벅이 된다.

언제 왔는지
산수유 그늘 아래
개나리, 진달래, 쑥들도
파란 봄빛으로
나를 기다리고 있었다.

광주공원 비둘기

- 우리 위한 영靈의 탑塔 - 아래
공원의 비둘기들이 다 모여
고개를 숙이고 있다.

뭘 생각하고 있을까
그 비둘기들의
손자뻘도 더 된 비둘기들이
오늘은 아무 소리도 없이
한 발을 들고
고개를 묻고 묵념의 자세다.
뭘 생각하고 있을까?

나 혼자 보기에는 너무 아련해
방송제보 전활 했더니 짤라먹고

이슬비 내리는
5·18. 25주년의 오후
이 광장에 화약 냄새 총소리 진동을 했고
피비린내 민주의 함성이 진동을 할 때

이 비둘기들은
큰나무 뒤에 숨어서
우리의 소리를 듣고 보았다.
총칼을 든 군인들을 내려다 보았다.

어린이 대공원에 가면

어린이 대공원에 가면
무등산 자락의 치맛폭에 감기듯
마음이 편안하다.

자취하던 동네 학생들이
토요일 오후면
고향집에 걸어 가는 길
부모님의 따뜻한 품에 안기듯
노곤함이 스러진다.

옛날의 저수지 자리
분수대에서 피어오르는 물안개
무지개 물빛 따라
버드나무길 산책로를 걸으면
무지개를 잡으러 가는
어린 날 동화 속의 소년이 된다.

어제 걸었던 길을
오늘도 그 길 따라 걸으며
내일도 걷고 싶은
옛날 계명당 거리
어린이 대공원 산책로.

란蘭·1

청화소심靑花素心
네가 어떻게 하여
내게 왔는지
우리는 알고 있다.

세상의 많고 많은 중에
너와 나는 눈을 맞춰
너는 내게
하늘 같은 푸른 빛을 주고

나는 네게
새로운 땅
새로운 집에
어진 님으로 모셔
날마다 날마다
정성들여 문안드리는
서투른 원예사가 되었다.

- 1990. 12. 10

란蘭·2

꽃잎 내민
꽃술 위로
흐르는 고운 눈매
물염 빛 여린 자락
다소곳한 매무새

반나마
벙근 봉오리
주고 받는
빛과 향.

- 1990. 12. 11

비온 뒤

한 여름 비 내리고
바람 소리 그윽한 밤

도시 속의 아파트 동네에
맹꽁이, 개구리, 매미 소리들…
잊었던 고향 노래
밤새 부르는 전원 교향곡

찌들고 빛바랜
심신의 핏줄에
한 줄기 따순 피로
살아 흐르는
내 영혼의 맑은 강물 소리 들으며

더 깊은
조용한 흐름
혼자만의
큰 기쁨.

- 1990. 6. 26

빈 방

뭐 했는지
발 뻗고 편히 누워 볼렸지만
세상의 모든 짐
한꺼번에 부리고도
모자라는 시간

동그마니
빈 방을 서성이다
그것도 미안해
라디오를 돌려 본다.

USA, 십년을 공부했어도 못 알아 들을 소리
USSR, 모르는 언어
북한 방송인가?
모두가 귀에 들어오지 않는 소리들
시간은 흐르고
생경한 세계에 홀로 떨어져 있는
아, 그래서 빈 방인가.

가을 새벽에

유난떨던 무더위 밀려나고
간지럼 같은 아양 꼬리 흔들며
감겨왔던 따사로운 오늘.

귀뚜라미들도 면벽수행面壁修行에 들었나
정갈한 새벽

배 깔고 책을 뒤적이는 틈으로
낯 설은 기억들이 다가오더니
시계 소리에
낯 익은 추억들이 뒤척이며
무더기로 밀려오는
진한 외로움.

머리맡의 불을 끄고
방바닥에 이마를 붙이며
눈을 감는다.

등 위에 하늘天
배 아래 땅地
그 가운데中
작은 점点
하나―
나.

시계 소리가 들리고
창문을 열자
별들이 보인다
동쪽 하늘의 여명黎明이다.

두 발

내 두 발은 1944년부터 하루도 쉬지 않고 오늘까지 무엇을 찾아, 무엇을 위해 걷고 뛰었을까. 집을 나서면 고생이라는데 무거운 머리와 몸통을 올리고도 팔다리를 흔들며 어딘가로 가는 두 발.

두 발은 반질한 구두 속에서 조금은 조심스럽게 아스팔트를 지나 도시 소음 속으로도, 때로는 탱자가시 방석 같은 곳에서 저리는 피로와 하품을 잘도 참아 주었고, 여섯 살 황토밭 길 큰 동네에 비행기 소리의 6.25 기억부터 5.18 역사의 뒤안길을 걸으며 현장을 같이 한 두 발.

두 발은 검정 고무신 십리 길 초등학교를 다녔고, 체육시간이면 운동화 속에서 학생들과 40년, 등산화 속에서 땀을 흘리며 산으로, 들로, 강으로, 냇가로, 바다로, 한라산 백록담, 지리산, 설악산, 계룡산, 무등산, 이 산 저 산 이 섬 저 섬을 가오며 오르고 내리며 땀을 흘려도 풀벌레 산새 소리 물소리 바람 소리 들으며 먼 하늘을 보면 좋았다.

두 발은 먼 나라 필리핀, 북경, 태국, 만리장성을 오르고 무거운 몸눌림에도 잘 바치어 주었다. 용감하고 씩씩하게 갈 자리 못 갈 자리도 골라주며 잘 걸어 온 두 발을 위해 종아리와 허벅지에 힘과 살을 붙이고 잘 걸어 주었다.

두 발이 맨발이거나 양말을 신고 있을 때, 목욕탕에 가거나 잠자리일때 가장 편한 모습의 두 발은 나란히 마주보며 무슨 생각을 할까?

두 손이 만지고 주물러 주며 같이 해주어서 고맙다고 한다.

2008. 1. 1 새벽 4시에

짝꿍

한 학교
옆 교실
공부 시간.

자줏빛 새 옷 입은
짧은 머리.
어깨 너머 옆얼굴
아무도 몰래
창문 사이로 보고 싶어
망설이다 망설이다
몸을 웅크리며 가만히 손을 든다.

"선, 생, 님……. 화장실에……."
"요새 자주 아프구나."
선생님도 모르는 꾀병.

- 초등학교(3-2)교과서 수록

1969. 정월 초하루

5부 · 지리산에서

광주문학상 시상식

지리산에서

바람 속에 소나기
소나기 속에 바람

숲 속의 안개를
산새 소리에 비벼
지리산 천왕봉
큰 바위에 걸터 앉아
노고운해 老姑雲海 마시는
지리산 신 神

산 속에서
지리산 속에서
구름 속에서
구름이불 덮고
눈을 감는다.

정령치 하늘 다리 건너며
신선주 한 잔

산 구름
마음 구름도 걷혔다.

- 2001. 5.

춘향이 만나던 날

지난 동짓달
흰눈이 소복히 쌓인 광한루
방문 열어 놓고 날 반기더니
장미꽃 피는 오늘도
방문을 열어 놓고 기다리고 있었다.

나는 마당가의 장미 한 송이
집 뒤 대밭에서 댓잎 한 가지 묶어
몽룡 몰래 건네 주고
머쓱해 뒤돌아 보니
문간에 들어서던 어떤 여인이
건듯 고개 돌리며
못 본 채 웃고 있었다.

- 1991. 6. 7.

죽부인 담양댁 竹夫人 潭陽宅

푸른 빛 통실한 매무새
시원함으로 가득
가슴 채우던
첫 여름 나날 이후

책방 구석에 있다가도
여름만 되면
마루에서 둘이만
여름나기 하자며
내 팔
내 다리를 얹고 잔다.

댓잎소리 들려주며
가슴 바람 안겨주는
고마운 竹夫人 潭陽宅
내년에는 모시옷이나
부탁해 입혀볼까.

여름은 간다.
지 차에 모시고 온
지 작은 어미 같은 竹夫人 潭陽宅

큰 아들은 효자나.

누가 날더러

누가 날더러
아직은 맑은 눈이래요
그의 눈이 더 맑아서이겠지만,

누가 날더러
아직은 밝은 말이래요
그가 더 밝은 말을 잘 하지만,

누가 날더러
아직은 순진하다고 그래요
그가 더 순진해서지만,

누가 날더러
좋은 쪽의 말을 해주는 이들은
나보다 더 행복한 사람들이었어요.
정말 그랬어요.

화엄사

섬진강 강만큼이나 굽이굽이
지리산 산자락만큼이나 돌고돌아
찾아 든 겨울 산사

하루 해
노을로 산자락에 감길 때
화엄사 골골이 울려 퍼지는
저녁 예불 소리

법고 소리……
범종 소리……
범패 소리……
목탁 소리……

천지문天地門 한 점
여린 육신肉身의 가슴에서
수 백, 수 천의 나무못을 빼어 주는
큰 소리 소리 소리…

너는 뉘냐?
나는 나다.

나는 뉘냐?
나는 너다.

큰 빛
큰 향에 취해
화엄사 뜨락에 홀로 서 있었다.

- 1991. 1. 21.

노고단 오르는 길

버스가 하늘을 난다
하늘보다 더 푸른
하늘길을 달린다.

푸르름이 짙으면
누슨 색이 될까?

물염빛에 베어 들어
나도 물들었다.

지리산 뻐꾸기 소리에
나도 뻐꾸기 되었다.

- 1991. 6. 7.

노고단기·91

63년, 당숙께
말로만 듣고 썼던 노고단 이야기

6·25가 남긴
지리산 노고단
여 빨치산과
우리 국군 장교와의 짧은 사랑 이야기.

끝내는
사상思想이라는 이름 아래
한 방의 총알로
노고단 백설 위에
선혈로 남겼다는
여女의 이야기 이후

오늘
노고단 높은 바위
하늘 가까운 큰 바위에 앉아

달마를 닮아 보렸지만
아랫배와 배꼽은 몰라도
거리가 먼 애기

하늘 가까운 큰 바위에 앉아
낼 아침 떠오르는 해를 보고 싶었다.
햇살을 마시고 싶었다.

천사가 따로 있나
선녀도 따로 없다.
내 가슴과 어깨에
천사의 날개를 달면
나도 천사다.

노고단기 · 2001

64년,
내 노고단 속의 여인은
노고단 산장의 백설 속에
붉은 피 뿌리고
빨치산의 최후를 마쳤고,

노고단 속의 남자는
사랑 시작하는 여인을
토벌작전 소대장 이름으로
여인의 가슴에
방아쇠를 당겼다.

2001년,
노고단의 오월은
관광길에
바람 소리, 새 소리, 물 소리 속에
해, 달, 별과 함께
흥부네 가족 불러
박타령에 발도 동동
손가락 장단이 흥겹다.

일기예보

겨울 바람이 불고
물씬
비린내 나는 소주잔 속에
왁자지껄 세상
무성한 소리들이 범벅이 되어가는
섣달 그믐.

목포 선창
어느 횟집 식탁에는
낙지가 꿈틀거리고
TV에서도 낙지탈 대가리
반질반질한 낙지 한 마리가
앙장거리며 눈을 굴리고 있다.

오늘 밤
함박눈이 많이 왔으면 좋겠다
좋은 세상이 보고 싶다.

- 1989. 12. 31.

生, 생각해 보면

살아 본 오늘
생각해 보면
그렇게 그렇게
숨 몰아 쉴 것도 아닌 것을

살아 본 오늘
생각해 보면
그렇게 그렇게
속과 겉이 다르게 살 것도 아닌 것을

양파 껍질 벗기고 있는 원숭이나
나뭇가지 헤엄치고 있는 원숭이나
물 속에 사는 소금쟁이, 눈쟁이들
하늘에 사는 하루살이, 모기, 쉬파리들

별 것도 아닌 삶을
그렇게 그렇게도
무던히 무던히도……

- 1990. 6.

눈이 오는 날

눈이 오는 날
솔잎 몇 개
잘근잘근 입맛 다시며
제석산을 오른다.

일상의 굴레 속들
냄새를 덮고
내 눈, 귀, 입 속에
흰 정령으로
눈이 내린다.

일곱 살 꾸러기의
가슴이 되어
눈이 오는 날
산길을 오른다.

10월 보름달

무서리 내리던 날
하얀 분 바르고
동구 밖 외길에서
오늘도 청승맞게
누굴 기다리나

달무리 눈빛시울에
동백나뭇잎도
봉오리 머금고
보름달 가는 길
새벽까지 보고 서 있다.

정월 보름달

십년 수절 청상과부
샘물 떠다 머리 감고
아주까리 검은 머리
붉은 볼
분으로 가리어도
명경 속에 얼비쳐
떠오르는 얼굴.

사람이 보고프면
장독대에서 서성이다
더 그리워
동구 밖 당산나무 아래서
가슴 내놓고
달을 마시고
달을 밴 얼굴

타오르는 속 불 끄느라
차고 희어진
정월 보름달 같은 얼굴.

제주도·하늘

구름 위에 하늘
하늘 아래 구름

바다 위에 구름
구름 아래 바다

비행기 타고 가는 제주도
풀어 놓은 햇솜덩이

구름 속
그 속에 사뿐 앉고 싶다.

- 92. 1. 21.

제주도 · 바다

오랫만에 찾아 온 내게
바다가 불렀다.
바다가 말했다.

하얀 수건
내게 던저주며
눈물대신
가슴에 묻어 감추며

깊어라
넓어라
맑아라 한다.

- 1992. 1. 21.

제주도·식물원

와싱토니아
아데가 야자
브라질 부채 선인장……

남의 나라 땅에
뿌리 내리고 사는 너희들의 모습

힘들어도 열심히 살아야 해
고향 떠나면 다 마찬가지야.

제주도·귤

날 보러 왔지?
이렇게 생긴대로
동그스럼 노란색
살짝 곰보 얼굴.

돌딤 아래
소박한 꿈의
옛날은 가고
UR로
우리 동네
바나나도 목이 잘리고
귤도 잘리어 나가
노란 귤빛이 바래진다오.

꽃 마중

먼 남쪽 바다 동네에서
아지랑이 바람 따라
맨발로 마중 나온 너는

반나마 벙근 꽃입술

함초롬이 머금고
소맷자락에 감싸 둔 향주머니 풀어
내 곁을 감고 도는
너의 숨결에
모락모락 피어오르는 가슴 속으로
또 일렁이는 흔들림을 어이할 거나.

큰바람 꽃 시샘에
꽃바람 따라
꽃비 내리면
조심
조심
조바심에 다독이는
너의 숨소리와 손짓에
또 흩날리는 떨림을 어이할 거나.

눈빛 고운 소녀의
숨결에도 나부끼는
긴 머리카락의 흔들림

가녀린 너의 부름에
손까지 끼고 서성이다
맴도는 남도 땅 하늘 아래
꽃 마중
꽃길이 열렸다.

청산도 바닷바람이
곰치재 넘어
불회사 가는 길
나주호 호숫가에도
무등산 토끼등 넘어
백양사 지나 내장산에도
가을 단풍 맞으러
꽃길 따라
봄 봄 봄
꽃 마중
꽃이 피었다.

필리핀 팍상한

6부 · 하얀 손수건

자리

지금 앉아 있는 자리
누어있는 자리
걸어가는 자리
아는 이는 나와 바람뿐

머무르고
흔들림도
흐름도
나이 40줄이란 날줄 씨줄의 멍에
아들의 아버지
아내의 남편
학생의 선생

늦깍이 책은 계속이고
- 우리 지금 무슨 얘기 합니까?
- 몰라서 묻습니까? 우리나라 경제,
우리나라 대통령 이야기 하고 있잖아요.
술을 마셔도
내일 해는 뜬단다.

- 1988. 8. 11.

지상의 생존을 위하여

우리는 살면서
두 눈, 두 귀, 코, 입의 고마움과
소중함과 필요성을 미처 모르고 지내는
건강불감증의 보통건강환자증 소유자들이다.

죄 많고
죄 많이 지을 사람들이
두 눈으로 바닷속 정경을 보며
무아지경 속에
탐욕의 배설을 카타르시스로 재우고
맑은 눈으로
지상의 생존을 위하여
다시 음미해 보고 살 일이다.

눈망울

모든 새끼들은 모두 순수의 덩어리다.
연한 황갈색 피부 보라카이 애들의 동그란 눈은
더욱 맑고 깊어 꼭 안고 싶다.

애들아, 이곳에 먹이만 더 많아지고
낯선 나라 사람들은 이제 그만
이대로만 살았으면 좋겠다.

이 땅의 순수와 너희들의 순수를
그대로 지녔으면 얼마나 좋겠니.
그러나 먼 나라 사람들은
자꾸 밀려오고 또 가버린다.

조개껍질, 산호껍질을 손에 쥐고
"1달러, 1달러……."
외치며 손 흐드는
너희들의 꼬막 같은 주먹과
하얀 이와 눈망울이
측은하게 보임은 왜일까?

문명의 죄인이라서 일거나.
내 땅의 너 같은 또래들이 생각나서 일거나.

태국에 가면

우리의 정월에
처마 밑에서 웃통 벗고 자는 곳
눈뜨면 꽃피어 있고
열매가 열려 있고 맨발이면 더 좋은

지평선 넘어 수평선
먼 곳의 그리움과 순수함이 있는 곳

망고 같이 입어도 좋고
바나나 같이 벗어도 좋은
산호섬 바닷가 풍경들

배 고파도 걱정없이 행복한
복받은 행운의 땅
자유와 평화가 넘치는
물의 나라
신앙의 나라

더도 덜도 말고 석 달 열흘만
길 따라 물 따라 살고 싶었던 땅.

파타야의 새벽

산호섬 바닷물이
산호 보듬고 놀다가
미끄럼 파도 타고 달려와
내 발목에 감긴다.

먼 나라 새벽 바다에
바다 건너 불빛이
높은 피뢰침 위에 앉아
떠나지 말라고
깜박깜박 밤새웠나 보다.

우리는 해 뜨면 네 곁을 떠나
내가 나고 자라 놀던 곳
지금은 겨울인 황토밭 땅
빛고을 광주光州를 찾아 간다.

겨울 떠나 여름을 찾아 왔지만
그래도 겨울이 가면 봄이 오고
여름이 가면 가을이 오는

우리 땅,
우리 물,
우리 밤,
우리 사람들의 냄새를 찾아 간다.

*파타야 : 태국의 관광지

- 2002. 2. 25. 새벽 5시

비선대 飛仙臺

비선대 오르는 골짜기 골골에
큰 바위 휘감고
내리는 골물 따라
반질거린 돌계단 따라 오른다.

큰 산
깊은 산 안개더미 속에서
들리는 자연의 소리
보이는 원형原形의 세계 속에
그리는 신선神仙인가
선녀仙女인가.

신선대 아래
발 담그고 땀 씻던 돌바닥에
새겨 놓은 김·이·박. 누구 누구들의
알 수 없는 이름들

기다리다 기다리다 갔노라고
돌쪼는 이에게 부탁하고
영영 내려갔나 보다.

- 2004. 7.

일출

그리운 추억 • 135

눈뜨면 지붕 너머
무등산 봉우리를
60년을 보았던 얼굴
오늘은 강원도 낙산사 앞 바다에서
붉은 구름 수건 사이로
붉은 얼굴을 본다

그제는 낙산사
어제는 신흥사
오늘은 오대산의 월정사 가는 날.

64년 백양사 천진암의 동자승을
40년의 세월을 건너
가슴 벽에 걸어둔
소리 안 나는 목탁을 치며
물어 물어 찾아가는 날.

여명의 빛살 따라
밤 일 나간 고깃배들이
다시 찾아들고

갈매기들이 끼욱거리며
아침 바다
머리 위를 날아간다.

                *2004. 7. 29. 낙산사 앞 바다에서

일몰

여명의 종소리
빛소리 따라
내민 큰 얼굴은
오늘 하루
그 시각 만끔씩 지나며
속으로 흐르는 작은 울림은
나는 내 가슴 속에
너는 네 가슴 속에
비비며 지나간다.

인생이란 소설도
사랑이란 시도
많은 자의 덩어리도
가난한 이의 밥풀도
비비며 목댕기 당기는 오늘도
해 걸음 따라 지나간다.

아이가 커서 청년이 되고
나이 들어 어른이 되면
이렇게

붉은 해는 땅끝 멀리
서쪽 너머 바닷물 속으로
마지막 장을 내린다.

마지막 혼불 같은 붉은 덩어리로……

초사흘 초생달이
멀리서 보고 있었다.

- 2004. 7.

손수건

할아버지 두루마기 속
무명 손수건은
문지방 위에 놓인
바가지를 깨고
방문을 나가시는
할머니의 뒤에서 흐느끼고 있었다.

할머니가 만들어 주신 손수건은
긴 수염 눈 크신 할아버지의
눈물을 또 닦고 있었다.

사월 아지랑이 속에
꽃상여 타고
신작로 다리목을 건널 때
바람에 흐늘거리는 만장挽章 사이로
요령 흔드는 조가弔歌는
뒤따르는 새끼들을 더 울리고

무명 손수건을 뒤에 두고
먼저 가신
할머니의 꽃무늬 손수건은
산밭 가는 고개 넘어
아지랑이 속에 보이지 않았다.

하얀 손수건

가지마라 말려도
소리없이 가고
오지마라 밀어도
소리없이 오는

붙잡아노
못말리게 가고
떼밀어도
못말리게 오는

어느 날
어떤 이름으로
어떻게 흔들어야 할까?

어느 날
어떤 얼굴로
어떻게 흔들어 줄까?

혼자 가는 길
마지막 하얀 손수건을…….

월정사에서

1964년 여름 백양사 천진암
예쁜 여학생 나이에 왜 스님이 되었을까
궁금의 미로 속으로 들어가며
밥시간에만 보았던 동자 스님

40년이 지난 어느 날
천진암에서 우연이 알게된 스님의 거처

오대산 월정사 ○○암에서
꿈같은 기억의 인연으로
동화속의 동자승을 만났다.

도포자락의 정결과 속탈의 영상
어떤 환속의 정서와 연민들

- 건강하십시오.
중생, 많이 구하실려면
건강하십시오.

합장
절 마당 건너
길에서 보내고 떠났습니다.

        - 2004. 7. 29. 월정사 ○○암 오후에

국악·1 전라 삼현승무全羅 三絃僧舞

산 넘어 종각鐘閣에서
바람 타고 내린
삼현육각의 아련함
가슴에 스며들며

세속世俗의 먼지 털고
차는 듯 걷어 올리는
발 매무새
흰 버선발.

솟구치고 가르는 듯
휘감기다 나불대며
고깔 따라 흐르는
정갈한 도포자락

이승을 딛고 몸 풀어
눈 감아도 보이는 소리
영원을 향해 신명난
승천昇天의 춤사위.

국악·2 달밤

달밤
보름 달밤.

촛불 밝혀
촛불 아래
보름달 같은
가슴 속정情 보이며

보름달 같은 육신
두 손 모아
천지신명께 머리 풀고
간절히 올리는 바람
달무리 속마음.

보름달
달빛에 녹아
타고 남은
한 줌 재가 되느니

풍덩,
빠지고 싶어라.

달밤
보름 달밤.

국악·3 가인 佳人

언제부터 이던가
무던히 인연도 길어라.

가녀린 들숨 날숨
질긴 넋의 혼줄

땅을 밟아도
꽃신을 신고 꽃발을 들어도
눈 소고에 그려진
얼굴 하나.

어루며 달래어도
끈질긴 인연 하나.

소롯이 피고 영근
명경明鏡 속의 자화상自畵像

가야금 산조 따라
파르르 여울지는 가인.

- 2006. 11. 24 전라남도국악원 珍樂堂에서

그리운 추억

초판 1쇄 찍은 날 | 2013년 9월 16일
초판 1쇄 펴낸 날 | 2013년 9월 23일

지은이 | 조영일
펴낸이 | 최봉석
펴낸곳 | 도서출판 해동
출판 등록 | 제05-01-0350호
주소 | 광주광역시 동구 남동 167-3
전화 | (062)233-0803
팩스 | (062)225-6792
이메일 | h-d7410@hanmail.net

값 10,000원

ISBN 979-11-5573-005-8 03810

＊ 이 책은 한국문화예술위원회 · 광주광역시 · 광주문화재단의
   문예진흥기금 일부를 지원 받아 발간되었습니다.